EX-LIBRIS HÉRALDIQUES

VENTE DU ~~MARDI~~ *Mercredi* 18 FÉVRIER 1903

Me Maurice DELESTRE   M. Loys DELTEIL

CATALOGUE

D'UNE

Collection d'Ex-Libris Héraldiques

LA PLUPART FRANÇAIS

Dont la vente aura lieu à Paris

HOTEL DROUOT, Salle N° 9

Le ~~Mardi~~ *Mercredi* 18 Février 1903, à 2 heures précises

Par le Ministère de Mᵉ MAURICE DELESTRE
Commissaire-Priseur
5, rue Saint-Georges,

Assisté de M. LOYS DELTEIL
Artiste-Graveur-Expert
22, rue des Bons-Enfants

CONDITIONS DE VENTE

Elle sera faite au comptant.

Les acquéreurs paieront *dix pour cent* en sus des prix d'adjudication.

M. Loys Delteil remplira les commissions que voudront bien lui confier les amateurs ne pouvant y assister; il se réserve, en outre, la faculté de diviser ou de rassembler les lots.

MM. les amateurs pourront visiter la collection, *22, rue des Bons-Enfants*, du *Jeudi* 12 *février* au *Lundi* 16, de 10 heures à 4 heures. *Dimanche excepté.*

S. Michel. Inv. et Sculp. Avernone

La collection que nous présentons ici aux amateurs, se trouvant exclusivement composée d'Ex-Libris héraldiques, son propriétaire avait adopté le classement par *pièces* du blason, système qui, sans être parfait, permet cependant de retrouver plus facilement telle pièce anonyme que l'on ne saurait toujours où rencontrer avec les autres modes de classement adoptés en pareille occurence.

Contrairement à la classification par siècles ou par styles, cette manière de ranger les Ex-Libris offre encore l'avantage de réunir sous le même numéro les Ex-Libris anonymes ou non de la même famille, ou du même personnage, lorsque celui-ci en a eu plusieurs successivement. La mort a interrompu le travail de M. le Comte de B***; certaines séries ne sont pas dans un ordre rigoureusement méthodique, mais nous n'avons pas cru devoir y apporter de modification, nous bornant seulement à les diviser en lots susceptibles d'intéresser les amateurs.

Dans cette collection, véritable armorial formé par des Ex-Libris, se rencontrent un certain nombre de tirages modernes d'anciennes planches; nous les avons laissés à leurs places respectives, en ayant soin de les signaler au crayon sur la pièce même.

A la fin du catalogue on trouvera plusieurs numéros composés d'Ex-Libris non classés, ni remontés et que le manque de temps ne nous a pas permis de présenter autrement que par lots.

DÉSIGNATION

1. — **Aigles**. — Calonne (de), 2 variantes. Rares.

2. — Maison de Saint-Antoine, à Rouen et à Vienne (Dauphiné). Trois pièces.

3. — Barberot d'Autet — Constant de Rebecque, 2 variantes. Cinq pièces.

4. — Blondel d'Aubers et de Calonne — Douët de Vichy — de Montherot — Rioult d'Eslouy — Anonyme. Cinq pièces.

5. — D'Astorg — de Bougainville — de Grassis — Hasselaer — de Vienne, 2 variantes. Six pièces.

6. — Arents, 2 variantes — Cusset — Fourcy (de), 2 variantes — Lamothe (de) — Pelée de Varennes — Robillard (N.) — Schérer de Scherburg — de Vallée — Anonyme. Onze pièces.

7. — (Trois) — D'Ampoigné — Boullemer de Thiville — La Cressonnière — Van Poëlgeest. Quatre pièces.

8. — (Quatre) SERRES D'AIGLES. — Le Boucher de Richemont — de Villiers de Laberge et du Terrage. Trois pièces.

9. — **Agneaux.** — Agnellier — Brunck, par *Striedbeck* — de Vaucresson, 2 variantes. Quatre pièces.

10. — **Ancres**. — Anthoine (d') — Cappeau d'Istres — Develle de Villette — du Breuil — D'Hyenville, par *Viotte* — Haillet — Pioct — Anonymes. Neuf pièces.

11. — **Annelets**. — de Pimodan-Rarécourt, par *Rose* — de Sainte-Beuve. Deux pièces.

12. — **Arbres**. — de Créquy, ex-libris gravé sur bois. Très rare.

13. — Deu (Champagne) — Anonyme féminin. Deux pièces. Rares.

14. — Harouard de La Jarne — Lacoche — de Nogaret et Blondel de Gagny. Trois pièces. Rares.

15. — Bois de Meyrignac (du) — de la Verdure — Le Bas de Clévans et de Girangy — Anonyme. Six pièces.

16. — Aubaret — Dufau (B.) — Brochant — Brochant du Breuil — Saunier du Lac — Anonyme. Sept pièces.

17. — Baron (H.-T.), 2 variantes — Duchesne — Périeres — Perrier (E.), 2 variantes — Pingré. Sept pièces.

18. — Colas de la Noue — Darmand — Daymar — Dollieule — La Live d'Epinay — Larguier — de Poulhariez. Huit pièces.

19. — Burey (Avril, Robert comte de) et de Marenches, 2 variantes — Chesneau — Fouques — Juges de Frégeville — Mousset —Ollivier — Richard, par *Belloty* — Anonyme. Neuf pièces.

20. — **Armes de guerre** (Epées). — Guerry (Ch^r de), par *Ollivault*.

21. — Clinchamp-Bellegarde — Du Casse — Le Prince (P.N.), 2 variantes — Picquefeu — Anonyme. Six pièces.

22. — (Badelai-Hache) — Bernis de Longvilliers — Brun de Castellane — Foache — Fossé (Th. Du). Quatre pièces.

23. — (Arcs) — Arbanère — Arcussia — Arnoult — Artaud (P. P.) — Larcher — Ryard, par *Phelippeau* — Tascher, par *Roy*. Sept pièces.

24. — **Astres** (Etoiles et Soleils). — Bochard de Sarron, par *Nonot* — de Chabot — de Wint — de Barcillon — de Bengy — de Naville, par *R.* (Roy?) — Raymond de Pringy — Hennot d'Octéville — Neyrat — de Perrenney de Grosbois — Le Large d'Eaubonne. Onze pièces.

25. — **Bandes**. — Foucher de Las Cases — de Lignières de Bommy — Noailles de Mouchy et Talleyrand-Perigord — de Tristar — Vallin de Sérignan, 2 variantes. Huit pièces.

26. — **Bandes accompagnées**. — Ainval (d') — Dommanget — Tournes (de). Trois pièces.

27. — La Cropte de Bourzac, 2 variantes — Masset, par *J. B. Carpentier*. Trois pièces.

28. — Guillebon (de), 2 variantes — Tournay (N. L.). Trois pièces.

29. — De Bellaud, 2 variantes — de Belleval — de Boullongne — de Clinchamp — de Constantine — Delaplanche — Fiquet du Bocage, par *Gamot* — Hugon — de Mandre — Méry de Bellegarde — de Moyria. Douze pièces.

30. — **Bandes chargées et accompagnées**. — Le Cordier de Bigards (Normandie). Très rare.

31. — Brulart de Puisieux — Noyel de Sermezy — Saint-Didier (de) — Sartines (de). Quatre pièces.

32. — Bernard de la Vernette, 3 variantes — Raussin, 2 variantes. Cinq pièces.

33. — Bœcler, par *Weis* — de Chabert — Le Venant d'Yverny — Mareschal de Vezet — de Rosière. Cinq pièces.

34. — De Beaufort, 3 variantes — Denis de Cuzieu de Rosset — de Vincent — Anonyme. Sept pièces.

35. — Godard — Gulston — La Rive (de) — Anonymes. Sept pièces.

36. — **Bandes** (Deux et Trois). — Ameline de Quincy — Barnabo — Cotelle de Grandmaison — de Hackbret — d'Harouis — Le Goridec de Traissan — Néel de Christot — Pellot — Anonyme. Neuf pièces.

37. — (Trois et Quatre) — Belloy de Candas — Brusset, 2 variantes — Caracciolo — Costa de Beauregard — Fauconpret (de), par *Vacheron* et *Helman* — Fevret de Saint-Mémin, 2 variantes — Larcher. Dix pièces.

38. — **Bandes et Barres**. — Baulard d'Angirey, 2 variantes — de Fleurien — Claret de La Tourrette — de Sainte-Croix — Le Veneur, 2 variantes — de Pastoret, 2 variantes. Deux pièces.

39. — **Besants**. — Boisot (Cl.) — Chambray (de). Deux pièces rares.

40. — Boula de Coulombiers de Montgodefroy — Montesquiou-Fézensac (de) — Robillard, par *Geissler* — Richard de Ruffey, de Vesvrotte et d'Ivry. — Staël-Holstein. Neuf pièces.

41. — **Besants, billettes**. — Bouché d'Urmont — de Bourgogne de Menneville, par *Dupin* — de Bullioud — de Chavaudon — Douesy — Gallatin, par *Robin* — de Warenghien, par *Danchin* — Anonyme. Huit pièces.

42. — **Cerfs**. — Blanc (A.) — de Bonet — Choppin du Cluzel — Collin de Contrisson — Gastaldy, par *Veyrier* — Huet d'Ambrun — de Macartney — du Rosnel — Thomé de Gamond — Anonyme. Douze pièces.

43. — **Chefs**. — Gantès (de) — Le Cordier — Lignerac de Caylus, par *Lorichon* — Saluces (de), 2 variantes — Vilain de Gand — Anonymes. Huit pièces.

44. — **Chevrons accompagnés**. — Flamen du Coudray. Rare.

45. — Marnoz (de Gay de). Rare.

46. — Lavoisier, par *De la Gardette*.

47. — Ournel (d'), 2 épreuves. Rare.

48. — Sanlot de Bospin, 2 variantes — Titon de Villotran. Trois pièces.

49. — Lynch, 4 variantes.

50. — Bouillet (B.-G.-E.)—Bouillet d'Arlod—Secousse,
3 variantes — Anonyme. Sept pièces.

51. — Bonnemant (de)—Bourlet de Vauxcelles — Bra-
quéty — Denis — Drouas de Boussey — Her-
lach (d') — Anonymes. Neuf pièces.

52. — Clary de Saint-Angel — Faivre du Bouvot — Macé
de Gastines — Mignot — Palisot d'Athies —
Patu, par *A.-Z. Patu* — Rigoley de Juvigny —
Thierry de Ville-d'Avray, 2 variantes, une par
Colinet — Vrayet. Dix pièces.

53. — Agard de Marogues — Tassin Baguenault — Mil-
lin de Grandmaison — d'Houdemare, par *Gouel*
— de Villemur — Jourdan — Berryer — Le
Roux d'Esneval, 2 variantes — Nouet — Anonyme. Onze pièces.

54. — Mathieu (J.-B.) — Dionis — Bouju, par *Louise
Chenu* — Langlois de Catteville — Maugue —
Du Temple — De Besset — Mainsonnat —
Convers, par *L. Monnier* — Le Noir (J.-N.),
2 variantes — Charlé. Treize pièces.

55. — Bourlier—Elwood — Grellet, 2 variantes — Ma-
rié de Toulle, 2 variantes — Pinseau de la Mé-
nardière — Ribiers (de) — Shoppee — Villou-
treys (de) — Anonymes. Quatorze pièces.

56. — Cochon — Flines (de) — Glatigny (de) — Gou-
genot de Croissy—Magon de Terlaye—Ménage
de Mondésir — Pasquier de Messange — Per-
richon de Vandeuil — Roussel de Roquencour,
3 variantes — Thélin (de) — Zylof de Steen-
bourg, 2 variantes. Quatorze pièces.

57. — Gaillard (J.), 2 variantes — Richer de Beauchamp — Sauvage de Brantes — Fagnier de Vienne — Midy — Jehannot de Bartillat — Moriceau — Dières — Le Cerf — Hanson — Cottin — Buterne — Anonyme. Quinze pièces.

58. — Bausset (de) — Burguet — Du Not de Vieux-Pont — Gabillot — Hurson — Josse — La Tournelle (de) — Le Mercier — Le Roy de Joinville — Le Vacher du Plessis — Manceau de Boissoudan — Martin de Croissainte — Ravel (de) — Romé de Vernouillet — Saint-Aurant (de), par *Fubert* — Anonymes, 2 pièces dont une par *J.-B. Carpentier*. Dix-sept pièces.

59. — Caze de la Bove — Feuchères (de) — Gavinet — Hurson — Lieuron (de) — Masur (de) — Meaux (de) — Morin — Papion — Perrochet — Petit, 2 variantes — Petit de Marivats — Rolland d'Aubreuil et d'Erceville — Silvestre de Sacy — Talon — Xaupi, 2 variantes, par *Avisse*. Dix-neuf pièces.

60. — **Chevrons** (Trois). — de Vignerot du Plessis — Richelieu — de Joubert — Jannart — du Moustier — Clermont-Gallerande, 2 variantes — de Montmoran — Le Preud'homme de Fontenoy — du Rosier — de La Rochefoucauld. Dix pièces.

61. — **Chevrons, Besants**. — Bollioud. Rare.

62. — **Chevrons, Fasce**. — Butkowski — de Chambrier, 2 variantes. Trois pièces.

63. — **Colonnes**. — Jacquin (A.-P.) — Girard de Villesaison — Girod de Novillars — La Barre de Joncy — Piliers (des) — Ponsainpierre (de). Six pièces.

64. — **Coqs**. — Beraud — Cochet — Collin — Coppette —Coquereau—Lattaignant(de)—Le Camus de Néville — Le Jourdan, 2 variantes — Polier (de) — Poulletier — Vaulserre (de). Douze pièces.

65. — **Coquilles**. — Beaumanoir (de) — Desprez de Roche, par *Lordonné* — Saussay (de). Trois pièces.

66. — **Corps humain**. — Le Planquois, très rare — Le Conte de Bièvre. Deux pièces.

67. — Potier de Gesvres — Potier de Novion — Le Comte —Douglas — de la Cour de Balleroy, 2 variantes — Bontemps — du Faulx — Brévillier — Dix pièces.

68. — **Coupés**. — Le Gendre de Berville, 2 variantes —d'Espérandieu— Delacour (M.). Cinq pièces.

69. — Lomellini — Falquet — Digot — Poidebard, 3 variantes — de Rousseau — Roux — Perrinet — Valnetin — Fauveau — Oppizzoni — Anonymes. Dix-huit pièces.

70. — **Croissants**. — Henrion (C.-H.), par *Cl. Roy*.

71. — Boutet (du) — Espivent — Cressent (de) — Jaillot — Patau — Riverieulx de Varax — Robethon (de), 3 variantes — Anonyme. Onze pièces.

72. — **Croix**. — Isambert (J. J.), 1746 (J. Hedou 14).

73. — De Varagne, par *Nonot* — de Faudoas — Lyvet de Feriet — Loppin de Masse — Van Capellen — de Salvert — de Damas d'Aulezy — de Chaumejan — de Lézay-Marnesia, 2 variantes — Aubret — de Barras — Sainte-Aldegonde — Chapitre de Fourvière — Dillmann. Seize pièces.

NIGRA SUNT SED FORMOSA

74. — De Juigné — Pantin de la Guère — Le Bourg, 2 variantes — Mortefontaine — Tontoli — Violet — Hugon de Bassville — Barlatier de Mas — Bignon — de Choiseul — de Basset — de la Luzerne — de Rumare — Anonyme. Seize pièces.

75 — Le Dagre — Greene, 3 variantes — Du Bosc de Vitermont — de Montmorency-Luxembourg Brocard, 2 variantes — de Montrichard, 2 variantes — de Saint-Georges de Vérac — Pucelle, par *Tardieu fils* — de la Bonde d'Yberville — d'Albon — Jubert de Bouville — de Campaigne — Malfilâtre de Croix-Croisilles — Honoré de Locron. Dix-neuf pièces.

76. — **Croix chargée**. — Harville des Ursins du Traisnel (de). Très rare.

77. — **Ecartelés**. — Félibien des Avaux, 2 variantes.

78. — Bourg (du) (Limousin). Très rare.

79. — Estouteville et de Ligneville (d'), par *Aloja*, 2 variantes. Très rare.

80. — Brancas (A. J. de) — Fyot de La Marche (de). Deux pièces.

81. — Courtin de Neufbourg — Le Josne de Coutay. Deux pièces.

82. — La Mousse (de) — Piochard de la Brulerie. Deux pièces.

83. — Baschi d'Aubais (Ch. de), 5 variantes.

84. — Archinto d'Este — Crouy Chanel (de) — Irland (d') — Zellerger, 2 variantes. Cinq pièces.

85. — Buggenhoudt (Van) — Foigny de Varimont (copie) — La Croix d'Ogimont — Le Peigné d'Oumesnil — Mari d'Acquaviva — Régis de Gatimel, par *Agry*. Six pièces.

86. — Drouyn de Lhuys — Farcy (P. de) Grandjean
d'Alteville — Mackau (de) — Saint-Simon —
Vermandois — Valente, 4 variantes. Neuf
pièces.

87. — Cannac d'Hauteville — Chapais — Fauvel, 3 variantes — Fontanelli — Huteau (d') — Roussel de Tilly — Tour-d'Auvergne (de la) —
Villelongue (de) — Anonyme. Onze pièces.

88. — Baudelot de Rouvray, par *Corbet* — Billard de
Charenton — Copons (de) — Desains — Di-
gnoscyo (de) — Guyot (de) — Homblières
(Abbaye de) — Houel d'Houelbourg — La-
beyrie de Vilcar — Meulan (de) — Trotti —
Vento des Pennes — Anonyme. Treize pièces.

89. — de Pignatelli — de Bourdeau de Castera — de
Captan Monnein — de Tralage — Groot-Ja-
min — Taverne — Bouchard d'Esparbès —
de Poinctès — Grout de Saint-Paer — de l'Es-
pine — de Goyon-Matignon — Michon —
Anonyme. Quinze pièces.

90. — de Chaugy — de Collalto — Le Begue de Ger-
miny — de Crémeaux — L. P. Saunier — Faulcon
de Ris — Marie de Montfort, par *Ganby* —
Abbaye de Morimont — Galliard — de Bois-
gelin — de Rosset — de Tavel — Le Court.
Dix-sept pièces.

91. — Borroméo — Arèse, 2 variantes — Cantémir
(prince) — Carbon Sentol, par *L. F. Baour* —
Doncquer — Goujon de Thuisy — Haller —
Hénissart (d') — Joly de Bévy — Le Normant
— Le Tellier de Souvré — Le Tors de Chessi-
mont — Malomon (de) — Pont (du) — Rei-
nach (de) — Rohan (de) — Séguret — Va-
lory (de) — Anonyme. Dix-neuf pièces.

92. — Le Blanc de Castillon — Durey de Noinville, 2 variantes — Gélas de Voisins — d'Eon — Limburg Stirum — L. de Givenchy — de Bonnemains — de Bouttourlin, etc. Dix-huit pièces.

93. — **Emmanché et Etoiles**. — Gobel — Ghesquière Destradin — Zorn. Trois pièces.

94. — **Fasces**. — Barbier de Lescoet — Bellisomi — Bragelongne (de) — Cassano-Serra (de), par *R. Morghen* — Gosselin d'Anisy — Granian de La Croix — Labat — Sainte-Marie d'Auvers — Thiroux de Crosne, de Gervillier et de Mondésir — Vanderberght, par Des Prée — Westbarendrecht (de) — Anonyme. Quatorze pièces.

95. — **Fasces vivrées**. — De Mascrany.

96. — **Fasces accompagnées**. — Mareschal de Bièvre, 3 variantes — Maréchal de Monteclain, 2 variantes. Cinq pièces.

97. — Assenoy (d') — Bullier — Busquet — Carbon — Chevalier — Enfrenel (d') — Esterno (d') — Grimaud de Bénéon — Le Febvre du Grosriez — Marsollier — Terray — Anonyme. Douze pièces.

98. — Cochard et Le Tonnelier de Breteuil — de Lafont d'Aubonne — de Pourcheresse — Braquety — de Bourgevin, 2 variantes — Anonymes. Douze pièces.

99. — Van Dassel, 3 variantes — d'Haffrengues — Clément — de Fouquet — Rivault de Champfleury — de Béthune — Benoit — Anonyme. Quatorze pièces.

100. — Robin (P. A.), 2 variantes — Aubin, par *Branche* — Pâris de La Brosse — Le Brun — Perrin de Sanson — Le Fèvre du Quesnoy — Gigot d'Orcy — Perrot (P. C.) — Desmazis — de Couvert — Durand de Fontenay — de Pons — de Surmont de Bersée — de Bullion — Alliot. Vingt-deux pièces.

101. — **Fasces et Fascés**. — Augustins de Lyon — Bouvard de Fourqueux, 3 variantes — Bure (de) — Ceva (de) — Chavagnac (de), 2 variantes — Dedons de Pierrefeu — des Hayes de Forval — des Lobbes — Dubois de Courval — Glandevès-Niozelles — Gravelle de Fontaines — L'Espinasse-Langeac, par *Benard* — Montolieu (de) — Murat (de) — Petipas — Polignac (de) — Saint-Chamans (de). Vingt pièces.

102. — **Fascé**. — de Raimondi (Italie).

103. — **Fasces, Fascès, Fleurs**. — de Launoy — Le Fèvre de Caumartin, 4 variantes — de Jonghe, 2 variantes — de Lusignan — de Marescot — d'Aligre — Bachey — de Rochechouart — P. D. Huet — de la Fare — Dabry — Labarthe — Aimé de Saint-Didier — Anonyme.

104. — **Fleurs, Fruits**. — Simon (Cl.) — Ruau du Tronchet, 2 variantes — Moreau de Coëffy — de Lisle — de Lurde — Anonymes. Quinze pièces.

105. — **Fleurs-de-Lys**. — d'Hostagier — Béringuier — de Bona — Duchesse de Berry — de Brossard — Ingold — de Mezzabarba, par *P. Giffart* — du Bellay — Abbaye du Bec — de Cléry-Sérans — Ponchel. Quatorze pièces.

106. — **Frettés, Fruits**. — Turgot (D. B.) — Bulteau de Préville, par *P. Giffart* — de Gillès — Maurier — de Champcenetz — Grumet et Corréard — de Frugie de Cumond, 4 variantes — Pecquet — Louis (Ant.), 2 variantes, etc. Vingt pièces.

107. — **Gerbes**. — Froment, 2 variantes. Rares.

108. — Grenier — Michel de Léon, 2 variantes — Juillet de Terrier et d'Espiard — d'Aoust — Maynon de Farcheville — de Tieslin de Lorière — Rousseau (C. B.) — d'Estampes — d'Hastel — de Meffray — Anonymes. Seize pièces.

109. — **Hérissons, Insectes, Instrument**. — de Héricy — Hérisson de Villiers — Papillon jeune, par *De Monchy* — Mouchard, 3 variantes — Ruffier — Le prince de Beaufond — de Clermont-Tonnerre, par *Durand et Viotte* — de Montjoye, par *Striedbeck* — La Maillardière — de Mailly — de Chaillet, etc. Dix-huit pièces.

110. — **Instrument, Lac d'Amour**. — Ancelot. Rare — de Garat. Deux pièces.

111. — **Léopards** (Deux). — de Jaucourt. Rare.

112. — de Voyer d'Argenson, 4 variantes.

113. — **Léopards, Levriers, Licornes**. — Salleron — d'Achon — Mouret de Châtillon — de Nicolay — Foulon de Boishivon, 2 variantes — La Michodière — de Texier d'Hautefeuille — de Chamillart, etc. Quatorze pièces.

114. — **Lions**. — De Luynes de Chevreuse — de Bournonville. Deux pièces. Rares.

114bis. — De Laleu, par *Montula*. Deux épreuves.

115. — De Bonneval — de La Mazelière — Lallemant de Betz — Pont de Romémont — de Chambon — de Saint-Victor — de Foucault, 2 variantes — de Dompierre d'Hornoy — Saint-Port — de Champagne, etc. Seize pièces.

116. — D'Héricourt — Dampier — Steinmann — Diodati — Orry de Fulvy — Perrin de Cipierre — de Sauvion — Vernimen — Saint de la Soudextrie. Vingt-une pièces.

117. — De Payan (J. F. de). Très rare.

117bis. — La Carre de Saumery, 2 variantes. Rares.

118. — De Coëtlosquet — Costard de Bursard — Le Doux, 2 variantes — de Clavière — Caulet d'Hauteville — de Vigier — de Verthamon — Du Chemin de la Tour — de Mélie, 2 variantes — Flamen d'Assigny, etc. Vingt-trois pièces.

119. — **Lions** (Deux). — D'Escoubès de Monlaur, 2 variantes — Chef d'hostel. Trois pièces. Rare.

120. — (Trois et Quatre) — De Talleyrand-Périgord — Des Lyons — Fontenelle — Le Brun (L.), etc. Dix pièces.

120bis. — **Losanges.** — D. Margiec ou Margue, 2 états. Rares.

121. — **Losanges, Losangés, Mâcles, Maçonnés.** — de Bouthillier — Chanorier — Desavenelle de Grandmaison — B. Florin — de Rohan Guéménée — de Gayffier. Onze pièces.

122. — **Molettes, Montagnes.** — de Rosières de Sorans — Langlois de Fleurigny — Carmes Déchaussés — de Courten — de la Plaine — Delepierre, etc. Treize pièces.

123. — **Montagnes**. — Simon (Claude). Très rare.

124. — de Salamon — Dumont (J.-F-J.). Deux pièces. Rares.

125. — **Oiseaux** (Autruche). — Anonyme (courant du xviiiᵉ siècle). Très rare.

126. — (Merlettes). — Pecquet de Saint-Maurice, 3 variantes. Rares.

127. — (Grives, Paons, etc.). — du Moncel — de Lourailles — de Bocté — Morin de Mondeville, 2 variantes — d'Audiffret, 2 variantes — de Colomb — Maire de Bouligney — Collombat — de Borch, etc. Vingt-une pièces.

128. — (Colombes). — de Gillaboz, 2 variantes.

129. — Gravier de Vergennes — de Geuffrin et de La Haye — Doyen, 2 variantes — Bourgeois de Boynes — Gallois, par *Nicole* — de Chapel d'Estagny. Huit pièces.

130. — **Ours, Pals, Palés**. — d'Ossun — La Loge du Bassin — Villedieu de Torcy — de Reynold, par *J. Striedbeck* — Comtesse de Langeac — A. Sormani — de Sartonio, etc. Dix-sept pièces.

131. — **Pals, Palés**. — de Meyran de Lagoy, 3 variantes, deux par *Michel*.

132. — L'Auberivière de Quinsonas, 2 variantes.

133. — de Roussel de Goberville. Rare.

134. — **Palmes**. — Du Resnel (J.-F.) Rare.

135. — **Palmes, Party**. — Gillet de Valbreuze — Estival — de Choisey — Hemey — de Calon, etc. Douze pièces.

136. — **Poissons**. — Silva — Bellis — de Thyard — de Saisseval — de Ponte. Neuf pièces.

137. — **Quadrupèdes** (Agneaux, Moutons, Sangliers, etc.). — de Villiers — Mouton-Fontenille — Laus de Boissy — de Dollon — de Camelin — Anonymes. Neuf pièces.

138. — Duris du Fresne — Le Vacher — de Cabanes — Quatre pièces.

139. — **Reptiles**. — Du Refuge, par *C. Berain* — Saussaye — d'Hauteroche d'Hulst — Le Tellier de Courtanvaux. Quatre pièces.

140. — **Rocs d'Echiquier, Roses**. — de Rochemore — d'Arenberg — Bigot de Graveron — Morel d'Epeisses — de Labastie — Barbier d'Entredeux — Monts — A. d'Hermand — Cambacérès fils — de Rozen — Le Mesre de Pas — Goulard de Monsabert — Anonymes. Dix-huit pièces.

141. — **Sautoirs**. — Bertin de Vinthué et de Blagny. Très rare.

142. — de Faultrières, par *Ferrand* — de Cortois, par *Michon* — Jacquinet — Froullay de Tessé — Frizon de Blamont — de Saint-Prix — Lanau — de Fresnoy — de Saint-Pol, etc. Treize pièces.

143. — **Têtes d'aigle**. — Pajot d'Onsenbray. Très rare.

144. — **Têtes de Filles**. — Legendre de Lormois et d'Onsenbray. Deux pièces. Rares.

145. — **Têtes de Léopards**, etc. — Giogo — de Morgan — lord Eliock — Berthelot de Kerbiquet — Roux de Rognon — Anonymes. Sept pièces.

146. — De Forbin-Janson — Chavane — de Camus de Filain — Le Bouyer — Langlois de Louvre — Sangnier — Meuron — de Ponnat, etc. Onze pièces.

147. — **Tiercés, Toisons, Tours**. — de Failly — Cresp — Falati — Dubois — de Lordonnet — de Chauffour — de Saporta — de Cazenove — Pitton de Tournefort, etc. Seize pièces.

148. — **Tours**. — De Fortia, 2 variantes.

149. — **Trèfles**. — Lesage, 2 variantes.

150. — Le Couteulx, 3 variantes — Le Couteulx de Canteleu. Quatre pièces.

151. — De Brosses (Ch.), 4 variantes.

152. — De Trivio — L. de Boscoursel — Damours — Syette de Villette — de Gages — de Gallifet — d'Espiennes — Anonyme. Onze pièces.

153. — **Vairs, Vairés**, etc. — De Bauffremont — de Vichy — Hennequin — de Watteville — Eudel, etc.

154. — **Vols** (demis). — Varenne de Fenille, 2 variantes.

Supplément

155. — De Montigny, par *Louise Le Daulceur*.

156. — Chycoineau. Rare.

157. — Bollioud. Rare.

158. — De Fay — Le Febvre — de Pechpeyron — Baudot de Ville — France — Moisson d'Urville, etc. Onze pièces.

159. — Lamourous — Camus de Pontcarré — La Jonchère — de Tascher — de Vauprivas, etc. Dix pièces.

159bis. — De Luynes (d'Albert), 7 variantes.

160. — F. de Chalut — Murat — Walwein — de Broglie — de Chanay — Boullemer de Thiville. Huit pièces.

161. — Queylard de Cheverny — Du Parc — de Chamont, etc. Huit pièces.

162. — Du Parc de Locmaria — Halotel — de Liancourt — Fauveau — de la Brousse — de Théville, etc. Dix pièces.

163. — Reuillon — de Chailet — Marquise de Fleury — F. Roche — Hue de Caligny — de Clandevés, etc. Dix pièces.

164. — De Courten — Vicomtesse de Ségur — Turrel — de Ruffey — Beausire — Carmes de Besançon — de Quiqueran de Beaujeu, etc. Dix pièces.

165. — Pigné de Montchevrel — de Brienne — Destouches — J. B. Morin — Anonymes. Dix pièces.

166. — Pontchartrain (de) — de Martinville — Trollier — La Trémouille — Jullien — Delisle, etc. Dix pièces.

167. — De Crochart — de Scorbiac — Lelong — de Serans — de La Loge — de Sobry — Briot — de Montolieu, etc. Dix pièces.

168. — Bachelier du Pinier — de Quinsonas — de Saint-Maurice — Haincque — Langlois de Louvres — Arnavon, etc. Douze pièces.

169. — Sous ce numéro, il sera vendu par lots, environ 100 ex-libris anciens et modernes, réimpressions, reproductions, etc.

IMPRIMERIE DE LA GAZETTE DES BEAUX-ARTS, 8, RUE FAVART

RED. :

17

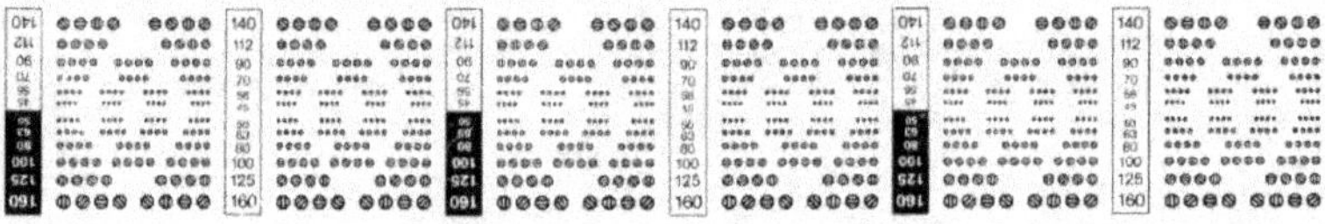

MIRE ISO N° 1
NF Z 43-007
AFNOR
Cedex 7 - 92080 PARIS-LA-DÉFENSE

0 1 2 3 4 5 6 7 8 9 10

graphicom
379.89.70

www.ingramcontent.com/pod-product-compliance
Lightning Source LLC
LaVergne TN
LVHW010212070726
842528LV00014B/1127